JN324927

ふたりつれづれ

木村浩子・三石成美　作品集

ボーダーインク

ふたりつれづれ

木村　浩子

常に着る服のどこか一ヶ所に赤あり我の
証しのごとく

スカーフの「赤」も描きいれ青年はわが似顔絵を
置きて帰国す

化粧せぬ我が鏡台に小箱あり赤いピアスの
女を入れて

わたくしのステキな部分をさがしてとあなたに言った
十三夜

日に一度の湯船に浸す己が裸身よ醜く息づく
白い魔性の

（若き日　五首）

歌に詠むはすでに孤独と思うとき敗北を告ぐる
知事選の記事

師と仰ぐ人いなければ自らの世界のありて
足に絵筆もつ

芸術とは言えぬ作品とわが思うその一点が
金に換わりぬ

ひたすらに筆扱える一日なり足指にゴムの
くびれる跡よ

ゴム結び筆足指につけて書く心をひたに
己の文字を

文字や絵を描くことすでに手と足の隔たりは無しと
独り呟く

息止めて線を引きしに歪みたりその線嘆かず
墨絵にしたり

己の描くわらべの世界に戦無し人に伝えん
平和への願い

足で書く我を見る子ら声立てず瞳輝かせ
何を思うや

わが足に握手して行く碧き眼の真ん前の子の
手の温かし

真ん前で目を輝かせ見つめいし幼の小膝
すり傷のあり

我書くを囲み見つめる幼らの大き眼それは
琉球のもの

疲れしげく会場にいて思うこと君の笑顔は
今日も見えない

我が性を時に疎みぬサインをと笑みてソックスを
脱がさるる時

求められサインしているその様を笑う者あり
我の身ぬちに

我が起きる音に耳さとく散歩へとねだれり
トットは寒風のなか

満月の浜に若きアベックをトットは座りて
一声ほえり

エサをやる人の変われるそのたびに飼い主我に問う
目を向けつ

人のごとく語る目をせる犬にしてわが秘め事も
知るやもしれず

犬らしくない眼でわれは見つめられ言い訳らしき
言葉つぶやく

よろけつつ散歩にだけはついて来るトットよ君は
幸せなのか

老犬トットの最後を看取る夢を見し左の乳房の
痛む夜半に

先逝きしトットよ我を待ち居るやくちなしの木に
つながれしまま

トットが待つ場所にくちなしの香りしてそこは痺れや
痛みなかりし

（愛犬トット　九首）

手も足も口も奪いし我が神よそれより外は
私の勝手

奪われし物は追うまじ残る物を輝くまでに
磨きてやまん

確かなる軍沓の音近づけり防毒マスクの
若きらを観る

ひまわりとコスモス群れ咲くコテージにうから集えば
やさしさの満つ

ひまわりの数増し咲くを競うごとく庭の花々
色鮮やかに

四賀村は人らを癒す土のあり打ちひしがれし
心和らぐ

わが描くわらべの世界そのままに心安らぐ
四賀村の里は

朱きあかきトンボの群れに会いたりきそれよりわれの
思考定まる

農に生きし四賀村人のたくましき古き農具も
井戸端にあり

井戸端のビニールプールに水張られ子らは夢路か
昼下がりの里

赤トンボの群れ飛ぶ道をいざなわれ桑の実のこと
など話したり

つたなかるわが絵手に取りほめたまう九十五年を
生きしこの人

取り立てのもろこし愛でて朝食は女同士の
ときを楽しむ

無農薬を誇張し今朝は大根の味噌汁を友と
語らい食めり

わが庭の大根愛でて友とありこの安らぎよ
年輪か知れず

（四賀村にて　十二首）

明け待ちて畑に水をと立つ君のCOFFEEカップの
湯気はゆらぐも

二人きりの生業なれば幸せとつぶやきて筆に
水を含ます

豆を煮る香り漂う朝の部屋にたわいなきこと
言いて笑いぬ

連れ添えど我は我なりまた君の魂尊び
こよなく愛す

年の瀬の雑音や人を遠く避けて描けばすがし
己が世界よ

描く間も気を配りしは過去となり思いのままに
日の暮れるまで

年の暮れを安けくあれば厨よりそばのつゆ香る
君の声して

夫君と犬との日々はつづきいて口数減りしを
平安というや

山頭火の現代版だとわれは言う共にせし日の
君の苦しみ

異国での身障われとの旅に君テントをいでて
独り酒飲む

君も我も疲れ果てての別れとは言わぬままにて
時の過ぎ行く

例えればビビンバの味とうそぶきぬ二年余の
苦しさに触れず

身障の妻の座悲しわが愛を形にしえず
終わりを告げぬ

「書」と「酒」の君なりほかは不要とぞ知れば降りなん
わが妻の座を

妻の日の終わればば心安くして二日かけて
旅計画す

心深く生きたしと願い別れたり君との日々は
汚点にはあらず

独り夜は亡き母の形見の布団なり心地良かりし
この空間は

（妻の座　十七首）

樺美智子その人今も我が内に在りて頑なに
揺さぶり続く

美智子忌の6・15は我が内の熱きものをば
よみがえされて

頑なに揺さぶり続け反戦の思い伝える
美智子忌の今日

自己負担金奪いつづけて弱き者殺す手段か
自立支援法は

着々と死へと追いやる法なりき弱者我らは
何を成すべき

公約を果たさぬ人よ妻や子の前ではどんな
顔をしている

父という座にある人よ政治家の名のもとには
悪も恥ずや

当選時の面消え失せて修羅の如き眼をもて語りぬ
抑止力のこと

編集長のメガネの奥の優し眼が我を可能に
するかもしれず

海水を使いて作る島豆腐のまだ熱きままを
今朝も買い来ぬ

島豆腐求める我に黒糖を口に入れくるる老女の
方言やさし

世の嘆きを歌いつくししごとく逝く桜散る日に
尾崎豊は

感性のあらんかぎりを書き歌い街に散りたりなんじ
二十六歳

美貌豊かに才長けおりし青年の短かし一生の
歌はつづけり

幼きは愛しかりけり草花を摘みつつ語る
その父母のこと

米兵のうなじ幼く笑いおり出港近き
フェリー甲板

けだるげに煙草吸いいる少年のうなじ美し
茶髪のかげの

沖縄の繁栄は基地にありと言う孫の自慢に
老女は笑みて

八人の孫の話をする老いの足に深くも
弾丸の跡

十代と六十代との出会いあり茶髪と白髪
並ぶ浜辺よ

ヤドカリをつつきつつ話す少年の大人への不信に
心せつなし

車椅子のわれには笑みて素直なり「不良は大人」と
少年は言う

老いとしても障害者としても私なり平和を愛す
君らとともに

熟したるパインを食めば南国の味広がりぬ
口一杯に

真青なる海と貴方のその笑みが今日の私を
救ってくれた

穏やかにあなたに向かう我があり明日を探れば
原点に戻る

究極は何も無き我その人に言葉少なく
笑みを返しぬ

幾人かの人を愛して来し私過去と未来の
間に立ちて

内外面地獄に似たる苦しみを緩和する人
あなたしかいない

その愛は偽りはなしと豪語する古希を迎える
小さき私は

我が命いずれは果てるその日まで悔いなく生きん
愛しき友と

寒風の続く合間の陽だまりにマーナ摘みおりくば笠の老婆

線香は好まぬと君は語りつつ街路樹を行く車いす押し

我ら皆何れゆくべき未知の地のこと様々に
人は論じて

死を論じ長き会話を交わしたり君との電話の
最後となりぬ

天皇制と線香ゴッチャに憤怒するそんな貴方が
いなくなった日

希に見る生き様なりきりきへつらわず衒《てら》い無きまま
君は逝きたり

長電話を若者のごとと笑い合いし君は逝きたり
月桃の咲く日

一枚の葉書残して逝く人を風は散らしぬ
一片のごと

葉書一枚残して君は逝きませり憂世をあえぐ
我らしり目に

再会の葉書残して逝く君の数多なる想い
今宵忍ばれて

再会を約しし葉書一片を残して君は
未知の世界に

穏やかな最後と聞けば愛しかりその生き様の
熱きを知れば

若き日に我涙腺は破れいてただに黙して
ふ報を聞けり

涙腺を失いて久し我はただ君逝く知らせに
うなずきしのみ

（友の死　十三首）

夢の中で我は見ており抹殺さるる無国益者の
我の姿を

無国益は障害者なりと穴に埋め財源節約と
笑う政治家

昨夜見し夢はおぞまし軍服をはだけて襲いかからんとする

抱えられてごみのごとくに運ばるる障害者の列に我を見たりき

（悪夢　四首）

穴に投げ殺さるる時の悲鳴さえ障害のあり
列はつづけり

安定剤要する人の訪れり覇気なき顔に
変わり愛し

穏やかな君の眼差しのうちにいて三年の日々は
われを癒して

世を嘆く女二人の繰り言を海よのみ込め
波よ受け止めて

三年間の心模様はお互いの生き方にありとの
結論となる

それぞれの己の道にと別れ行き会えばまた良し
時の仕業よ

縁と言う言葉深々と思いおり嫁ぎ行く君を
送らんとして

（嫁ぎゆく人　五首）

さわやかな風に誘われ浜に立つわれに声かけ
島人は行く

キャンプする人らにぎわう場を抜けて行けば道辺に
ヤドカリふたつ

浜風はさやかな塩味唇にしみてこよいは
独りを愛す

師の面を写ししごとき君なりき内ふつふつと
歌湧きいずる

便すらも手のかなわねば苦悩なりき尊き君らの
手にて生かさる

言語の持つ力巧みに使い分け絵買い行けり
空しさを残し

障害に面ゆがませてもの言えば泣く子もいたり
集いの時に

言いやすき言葉選ぶも術なれば問われる前に
答え持ちたり

懸命に選びて言えど伝わらず笑むことのみに
過ぎる一瞬

言葉より分かり合うもの確かめて受話器の向こう
汗だくの我

障害に即答できずわれはまた切られし電話を
前にいらだつ

帽子組みアダン葉裂きてひっそりと百余を生きし
知念サヨさん

アダン葉を巧みに裂きて帽子組み百余を生きし
君のその手よ

「帽子組まぁのおばー」と言われ独り組みつぎて生き来し
琉球の人

104歳生き来し人の手はむくみ片側でわれも
深く息する

旅立ちの日の近づけば漬物と絵筆を入れて
君に電話す

大方の旅に連れ添う友にしてわが幾つかの
癖も知られる

久々に上着求めて旅立ちの直しも願う
同伴の君に

歩かねば靴新しきままにして靴表につく
傷の思い出

わが性も君が性をも知り尽くしまた旅をする
四十余日を

沖縄のソテツのこけし数個持ちわが旅つづく
出会いの妙味

あまたなる出会いのありてその内の君の偲ばる
秋深き街

ADELAIDEの街の小さな茶店にて乏しき単語
幾つかを使う

黒い肌と黒い瞳の少女あり原住民汝を
美しと思う

紅と黄の落ち葉降る街ゆハガキを出さん
梅雨の日本へ

木の葉降るドイツの古き街並みを愛しみつつゆく
帰国近き日

（直さん　十一首）

声に出せばなおも空しくなるゆえにミサの中にて
一人の沈黙

語るにはあまりに夢のなきこの世なり何を伝えん
若き君らに

若きらに明日を語れぬ苛立ちを方言の話題に
変えて隠しぬ

朝の日を浴びつつ辿る道の辺にハイビスカスの
開く瞬間

老人も身障者にも縁遠き事のみ言いて
人は去り行く

ワープロに遊ばれている心地してカーソル追うて
一日終わる

ほとほとに疲れて閉じる眼底の白一色は
空しさのそれ

宿の日の我が大方は絵を描き文字打ち終わるを
幸せと言う

客の記すノートは宿の宝よと囲炉裏片えに
また人に言う

血族に疎く生まれし我らにて人嫌うなと
言い聞かせ来し

身障の母ゆえと汝は言わざりき悲しみ幾度
耐え来しならん

血の濃さに悲憎の刃を向ける娘を人には病いと
庇えるわれ

病いと言い庇える我は親なりき娘の悲しみを
知れば痛まし

排せつにも人手を借りる母ゆえに娘はいらだちて
荒々という

荒々と娘は我が生き様を否定するこうしか出来ぬ
事も解らず

濃き血故に母を憎しむ日々にある娘よ目覚めよ
人世の妙を

正常な親子の会話を望みおり二人は同じ
血液なのに

我が全てを理解せよとは言わざりき二児の母なる
君の世界に

言葉荒げ詰る娘よいつかまた戻る日のあれ
穏やかな笑みに

（娘へ　十首）

１０キロのラッキョウ求めあたふたと梅雨の合間の
一日は過ぎる

韓国人君に教わりしキムチ漬けをラッキョウに求めて
試行錯誤す

マッチ売る少女が身内に住みておりおりおり暖き
思いをくるる

しびれ増す手のひら今だ暖かく思いの炎
尚も燃えつぐ

暖をとるマッチの炎にかざす手に夢あふれたり
凍てつける夜半

凍てつける夜半マッチの炎にたくす夢いくつかを
輝かせたしと

凍てつける夜半を生きてせめてこの「暖」分かちあう
者の一人に

燃えつきる時遠からじ我が夢をたくす面々
若き瞳の

（マッチ売り　七首）

マッチ棒の灰のかけらは散らばりて残り少なき
炎は燃ゆる

海面の色刻々と変わりゆき夕陽は明日を
語れり人に

芸術には遠いと思う己が絵よ人ら寄り来て
同じことと言う

「えちよ」というその人の居る茶房には佳き海のあり
紅に燃えて

主持たぬ子猫居座り　客来れば擦り寄りゆきて
こびるは哀れ

野良猫と飼い猫のいて夕焼けりただ生きて居るだけの
今が哀しい

独り寝は寂しい二人寝はもっと寂しいだから遠くの
貴方を想う

貴方からの電話の夜は久々にあわもり飲めり
若き客らと

三線の音に宿は満々てあるいは個々は
無いのかも知れず

いつの場も酒あるゆえに琉球は滅び行きたりと
我は言わざり

両の手を使うことなく七十年を生きしことを
不思議と思う

悟りとはほど遠くして我のあり心ざわめく
小雨の夜半

死すことで総括さるる思いあり憧れにも似て
終るその日は

こだわりて名前で呼べと人に言う「ばぁちゃん」は
マリだけの呼び名

1500円宿代にこだわり持てば自己破産首つり自殺もできない私

憂き事の余りに多き日々にして最終は死への結論となる

確かなる重ねし歳の衰えを秘めて黙せど
娘の気付きいて

マヒの身に重ねる歳の衰えは内なるものを
高め澄ましむ

ようやくに言いし言葉もはぐらかす君は男よ
仕事の鬼よ

不自由なる言葉を吟味しようやくに告げる言葉も
君には遠く

世に疲れ君との一夜を求め帰し小鳥のような
私なのに

仕事のみの話題で終わるが空しくて我から先に
さよならを言う

ときめきの無きまま生きて雨の日は死す事のみに
心奪わる

老いてなお人恋熱く我生きて悔い残すまじ
これの一代を

「私が生きて居ればネ」と口癖のごと人に言う確かなるもの
見えないままに

古きものを良しとし生きるわれなればリサイクルショップも
楽しみの一つ

古希という語源にこだわりもちながら言葉少なに
今日を過ごしぬ

逝く時はきみの腕にありたきとまた訪れし
南国の海

わが一生三つに分ければ最終の刈り取り期なり
深々し

後期高齢者の言葉にも慣れこの時期を手足のしびれ
増しきたる今

三石　成美

雪解水手の切れそうな流れかな

杯に花びら散って酔い回る

青空にイッペイの黄よ風光る

今日は咲く明日は咲くかと春の花

首かしげ友を呼んでる雀の子

古里の春の小川に水車かな

そのままのあなたでいいよ風光る

かじまやー春の風吹き風車

古希の人今が人生春爛漫

曇天を飛ばしてきたよ春風が
宇宙行きのエレベーターに乗る春の夢
春光に園児の散歩手を繋ぎ

春焼の光のシャワー海に落ち

この揺れは地球の呻き春暁や

おかげさん今日も目覚めて風薫る

相思樹の花ぽろぽろと香り立つ

刈りし後新芽逞し砂糖きび

今をこそ生きる喜び風光る

伊集の花香りに酔うてやんばる路
天と地の春のパワーが漲りて
うつむいて片栗の花山深く

コンクリの割目にも咲く菫かな

大木に耳を当て聞く春の音

幸せの種を蒔こうよ春の野に

校門に花が並んで新学期

夢多き旅立ちの日よ桜咲く

どこまでも日本は日本聖五月

谷いっぱい花木蓮の木曽路かな

エコ風車ぶんぶん回す春の風

彼岸には三色おはぎ母の手で

キジムナー見た人のいる春の海

戦後処理今も終らぬ仏桑花

飛魚がジャンプを競う光る海

ゆいまある棚田の田植歌聞え

流れ星願い忘れて口開けて

伽羅蕗がちゃぶ台に乗る母の味

ゴーヤーの苦さじわっと夏元気

早朝の草刈る音や盆近し

雲海の向こうに富士が頭出す

鳳仙花ぱちんと弾け旅に出る

ブラボーと聞える夏の夕日かな

販売機我が物顔に立つ夏よ

首里城の石積の威厳梯梧咲く

麦畑風の足跡織模様

シーサーも汗を流すか屋根の上

日が落ちて時が来たりとさがり花

さがり花一夜の栄華池に落ち

水族館見る人見てる熱帯魚

海の青負けぬブルーの水着きて

お化けより恐い電磁波夏の夜

障がいは個性であると仏桑花

海の底見える与論の夏休み

涙する産卵の亀熱き砂

名前だけ唱える選挙蝉しぐれ

雨上り声をからして蛙啼く

もう尽きた腹を上向け油蝉

夏雲や青き水田に迫り来る

がじゅまるやおばあの夏のゆんたく場

鈴蘭が私はここよと鈴鳴らす

片陰に信号待つ間身を寄せる

心臓にかび生えそうな雨の空

ゆっくりと寄ってキスする入道雲

飢に堪えほっと迎えた終戦日

御嶽から蛍一匹飛び出せり

障がいの手で折る鶴よ仏桑花

沖縄忌祈りを込めたコンサート

ラジオからリアルタイムの秋が来る

はっぴ着てハッピーになる秋祭り

雲間より光のカーテン枯尾花

藁草履足に馴染むや秋深し

信州の赤そばの花里染めて

孤独死の遺品整理や漫珠沙華

鬼灯や乳房のある幸せよ

ハート型ふうせんかずら種三つ

秋の海ニライカナイを見たような

秋の虹架けてみたいな久高島

満されぬ心の秋よ物豊か

日の丸と星条旗立つ基地の秋

世界地図広げて旅を秋夜長

苦の多き段々畑に実る秋

神妙に手を合わせてる七五三

波頭生きてるごとき冬の海

今生は波乱多き冬の海

この先は神の領域冬岬

お茶菓子が野沢菜漬の貧しき日

年賀状書く苦しみと楽しさよ

出逢いから始まる人生いろりばた

道祖神雪を被って抱き合う

古民家の雪降る庭に水車あり

飛行機で上から眺めた雪の富士

年の瀬を飛び越えて来いおめでとう

新婚さん幸せオーラ冬の朝

温暖化富士の山頂雪が解け

新年や幸せ育てる種を蒔く

元旦に胸おどらせた遠き日よ

首里城の古式彩るお正月

富士山の山頂に出る初日の出

山頂で雑煮を食べて夢語る

初暦白紙の日々よ何色に

詩

三石成美

島の朝

朝の東のビーチ
さわやかな風が頬をなでる
波が幾重にもなって
追い駆けっこしている
この波の下には
龍宮城があるのかな

空全体が茜色に
どんどん濃さを増してゆく
真赤な太陽が顔を出す
太陽までのサンロード
きらきら輝くこの道を
歩いて行ったら
どこに行けるでしょう

伊江島タッチュー

タッチューは
この島のへそ
山の頂上からは
三六〇度海に囲まれた
島が見渡せる

夕陽の沈む頃
畑に映る
山の形の影を見た
世界中に
こんな山があるだろうか
たった十五分で登れる
世界一の山

俯瞰すると

ピーナツの形をしている島
この島の人達は
ピーナツを作っているようだね

タッチューに架かる
虹を見た
タッチューに沈む
太陽を見た
タッチューに登る
満月を見た
大きな島のへそ
タッチュー

H・Kさん

沖縄の北部
本部港からフェリーに乗り
三十分で行ける伊江島
そこにある民宿の
オーナーは
身体に重度の障がいがある
彼女は二十八年前
この島に宿を造った
大勢の人達の協力により出来た
彼女は身体に障がいを持つ人が
自立の為の訓練が出来るように
この宿を造ったのだ
ここで自立することを学んだ人が
自分の場所に帰って生活する
又障がい者と健常者が出合い

お互いが学び合える場所としての
宿でもある

ここでは多くの出合いがあり
四十組以上の男女が結婚し
子供を連れて帰って来ている
一組も離婚していないそうだ
これはすごい
皆で作った夕食を囲んで
泡盛を飲み
三線を弾いて歌い踊り
冬はいろりの火を囲んで
楽しい時を過す

オーストラリアにも
同じような宿がある
そこでスタッフをしていた
インド人の男性と
オーストラリアの女性が
この宿のオーナーの

DVD「生きる」を製作した
監督　撮影　編集
バックミュージックの作曲　演奏
ナレーション　すべて二人で行った

最近彼女のことを書いた本の
出版記念会が宿で行われた
シルバーウイークに入る直前に
著者と出版社の社長を
東京から呼んだ彼女
——急に言われても無理です——
との返事に
——とに角村長を呼んであるから
絶対来てちょうだい——と一言
しかしそれが本当に
何とかなってしまうのが
彼女のマジックである
いつもこんな感じで生きてきた人だ
そうさせてしまう何かが
彼女にはある

その日も賑やかに
夜が更けた

彼女は古希を迎え
皆でお祝いをした
手足の痺れが酷くなり
大変のようであるが
まだまだやりたい事が
沢山あり
これから先の予定が
びっしり組まれている
このパワーは
どこからきているのでしょう
人間やろうと思ったら出来るもの
これが彼女から学ぶ大きな教訓
いつまでもお元気で
御活躍ください

出合い妙

年末に
伊江島の民宿に行く
「出合い妙」と
書いてある玄関を入る
スタッフ二名と
元スタッフのKさんが
迎えてくれる
料理の好きなKさんが
三日間日替りで
シチュー
カレー鍋
お好み焼と
皆で楽しめるお料理を
作ってくれた

長い間スタッフをしていた
障がいを持っている男性は
リハビリの為にと
独学で三線を練習して
雰囲気のある歌を
歌ってくれる

今日のお客さんは
小学二年生の女の子
お父さんと二人で来た
皆の人気者
いろりの側で飲んでいる
若い男性にべったり
お父さんは若い社長さん

ギターの上手なジャーキー
――ワタシ　ニホンゴ
スコシ　デキマス――
と言う日本人

七年前から
ヨットの中で生活している
浪花の男性が
ひょっこり顔を出す

泡盛を下げて来た
隣の民宿のオーナー
なぜかいつもこの宿に来て
飲んで三線を弾いてくれる

前々日にこの宿に泊り
本島の宿に
今夜の宿泊代も前払してあるが
カレー鍋が食べたいからと
戻ってきた若い男性

首里から
私の友達が
姉妹三人で来てくれた
一日島を案内し

夕方タッチューに登った
夕日が美しく感激
めちゃめちゃ楽しかったと大喜び
絶対又来ると約束

年末の大掃除の仕事で
本島から来た十人程の人達が
テラスで静かに飲んでいる

こんな賑やかな
年末の宿
人生は出会いから始まる
「出合い妙」である

友人の死

私と同じ歳の友人が
水タンクの下敷きになっていたそうだ
二日間誰にも気付かれずそこに居た
どんなに心細く苦しく
どんな想いで
息を引き取ったのだろう
胸が締め付けられる

その人の近所の友人が
僕も手伝うからと
何度も言ったが
この位一人で出来ると
断ったそうだ
それを聞いた時
なぜ　なぜ

この人は自分で死を選んだのだろうか

大阪のSさん

伊江島の民宿のオーナーの
友人であるSさんは
大阪に住む
身体に重度の障害を持つ女性で
歩行もお話も出来ないが
電動車椅子を
左手で動かすことは出来る
食事は一日二回
一回に二時間かかる
介護者がきざみ食を
スプーンで口に入れる
それを飲み込むのに
とても時間がかかる

その彼女は

良く旅に出る
先日も伊江島に来た
ヘルパーが一緒だったが
フェリーが二日間欠航したため
島に入れず
三日間の予定が
たった一泊で帰ってしまった
宿のスタッフに
介護の仕方を
一通り教えただけで

会話は文字盤でする
でも常に震えて動いているので
どの文字を指しているのか
慣れるまで良くわからない
宿のスタッフは
交代で介護したが
どんなにか疲れたことでしょう

彼女は伊江島には

何回か来ている
一人で来たこともあったそうだ
その時は
自分はこう言う者で
こうして欲しいと書いたカードを
何枚か首に掛けて来たと言う
こんな状態でも
彼女は旅が好きだ
海外にも行ったことがある
その時の本も書いている

又彼女は大阪で
パソコンを使って
会社を経営していると言う
簡単に出来ないからこそ
その望みは大きいのだろう
人間は肉体は不自由でも
想いが強ければ
どんな事でも
可能にする力があるのだ

本当に生きている
生きているそのものの彼女
何不自由のない自分が
何をしているのだろうと
恥ずかしくなる

お元気で御活躍ください

百歳のおばあ

イチャリバチョーディ
ナンクルナイサー
私にとってこの二つが
沖縄を代表する言葉
百歳のおばあに
教えていただいた

そのおばあは
伊江島でアダンの
帽子を編んでいた
とげとげのある葉っぱを採り
蒸して細く裂き
乾燥させて帽子を編む
とても手間のかかる細い仕事
美しい編目で出来上った時の

喜びがあるから
作り続けられたのであろう
島から出ることもなく
家の近くのことしか知らない
いつも座って手を動かしていた
このおばあは孤独だっただろうか
私にはそうは思えない
初めて会った時
おばあは優しい笑顔で
――イチャリバチョーディ――と
声を掛けてくれたのだ

人々は貧乏や孤独から
自殺する人がいる
又自分の耐えられない気持ちから
逃げてしまうのか
痴呆になる人もいる
でもこのおばあは
結婚することもなく
貧困と孤独の中でも

黙々と働き続けた
いつも笑顔で

自分が働けなくなった時
島の老人ホームに入り
周りのおばあ達を元気づけ
自分も楽しんだ
ナンクルナイサーと
生きたおばあ
お部屋には
百歳のお祝いの金杯が
誇らしげに飾ってあった

知念岬

知念岬に立ち
静かに海を眺める
今日の海は波静か
傾きかけた太陽の光が
西側の海を
きらきら
きらきらと輝かせ
雲の合間から出た光が
スポットライトをつくる
このスポットライトの上で
歌うのは誰
踊るのは誰
飛魚かな
海の妖精
それとも久高島の神々

反対側の海は
青・緑・紫の
入り混じった色
この世のものとは
思えないような色だ
人にはこの色を
造ることは出来ない
久高島の神々の
成せる業なのか
静かに変化する色
ふと遙か彼方に
ニライカナイを
見たという錯覚を覚える
この島が永遠に
神の島でありますように
いつまでもいつまでも
立ち竦んでいた

大神島

友人と宮古島を旅した時
大神島に行きたいと言うと
案内してくれていた島の人が
僕は行きませんが
港までお送りしますので
行って来てくださいと言われた
この人船に弱いのかしら

さて小さな大神島に上陸
私達は目の前の
低い山に登った
頂上に立って
海を眺めていた私は
ふと海の中が
金色に輝くのを見た

――海が金色に見えるよ――
と言うと友人は
――私は紫色に見える――と言う
こんな不思議な体験をして
山を降りていると
別の道から島の祝女が白装束で
五、六人降りて来た
私達が見た光は
祝女の祈りによって
降ろされた光だったようだ

こんなシンクロに感謝し
下まで降りていくと
学校の近くの道路が
行き止りになっているのに
気が付いた
何年か前
島の人達が
観光のために
島一周の道路を

造ろうとしたそうだ
でもその工事で
人が亡くなったり
重機が動かなくなったりした
これは神様が
この島を守る為に
そうされたのだと気付かされ
道路工事が中止になった
神様の島を
観光の場にしようとした
人間の浅はかな考えに
神様もこうするしか
なかったのでしょう
小さな島で生活することは
大変だと思うが
自然があるからこそ
幸せな生活が出来るのだ
この島を選んで
生まれてきた人々である
今世はこの神の島で

生きられることに
感謝して生活して欲しい

すずめ

雀は
小鳥の中でも
小さく
どこにでもいて
ずっと親しまれてきた
私は久高島のビーチで
のんびりと
海を眺め
波の音を聞いていた
その時
二羽の雀が
私の目の前で
一定の距離を保って
ちゅんちゅん
ちゅんちゅん

鳴き続けていた
あまり長く
鳴いているので
どうしたのだろうと
不思議に思っていると
島の海人が
――そこの少し右側に
すずめの巣があって
中に雛がいるから
そちらに行かないよう
引き付けているのだよ――
と教えてくれた
私はびっくりして
その場をそっと離れ
しばらく見ていると
二羽の雀は
様子を見ながら
巣に入って行った
子供を守ろうとする
親の愛情に感動

人間界では
「赤ちゃんポスト」なるものが
出来るような時代である
自分で育てられない子供は
生むべきではないだろう
そんな親には
雀を見習って欲しいな
と思っていたが
ある日散歩をしていると
電線に雀が二羽飛んできて
並んで止った
微笑ましく思って見ていると
別の雀が一羽飛んで来た
すると先に止っていた一羽が
後から来た雀を威嚇して
追い払ったのである
私はびっくり
雀の縄張りを主張している姿に
人間界と同じなのだ

すずめの世界にも
修業があり
学ばなければならない
雀もいるのだ
生きて行く為には
人間も動物も
同じなのだなと考えながら
しばらく雀の動きを見ていた

ゴーヤー

ゴーヤーは
夏の野菜
沖縄では
昔から食べられている
ゴーヤーは苦味があり
食べられない人も多い
でも私は苦くても
おいしく食べられる
口の中に
ほんのりと
苦味が伝わって
何だか元気になれる

人との関係も
苦味のある人の

言葉は
心に響き
自分の為になる
苦味も必要なのだ

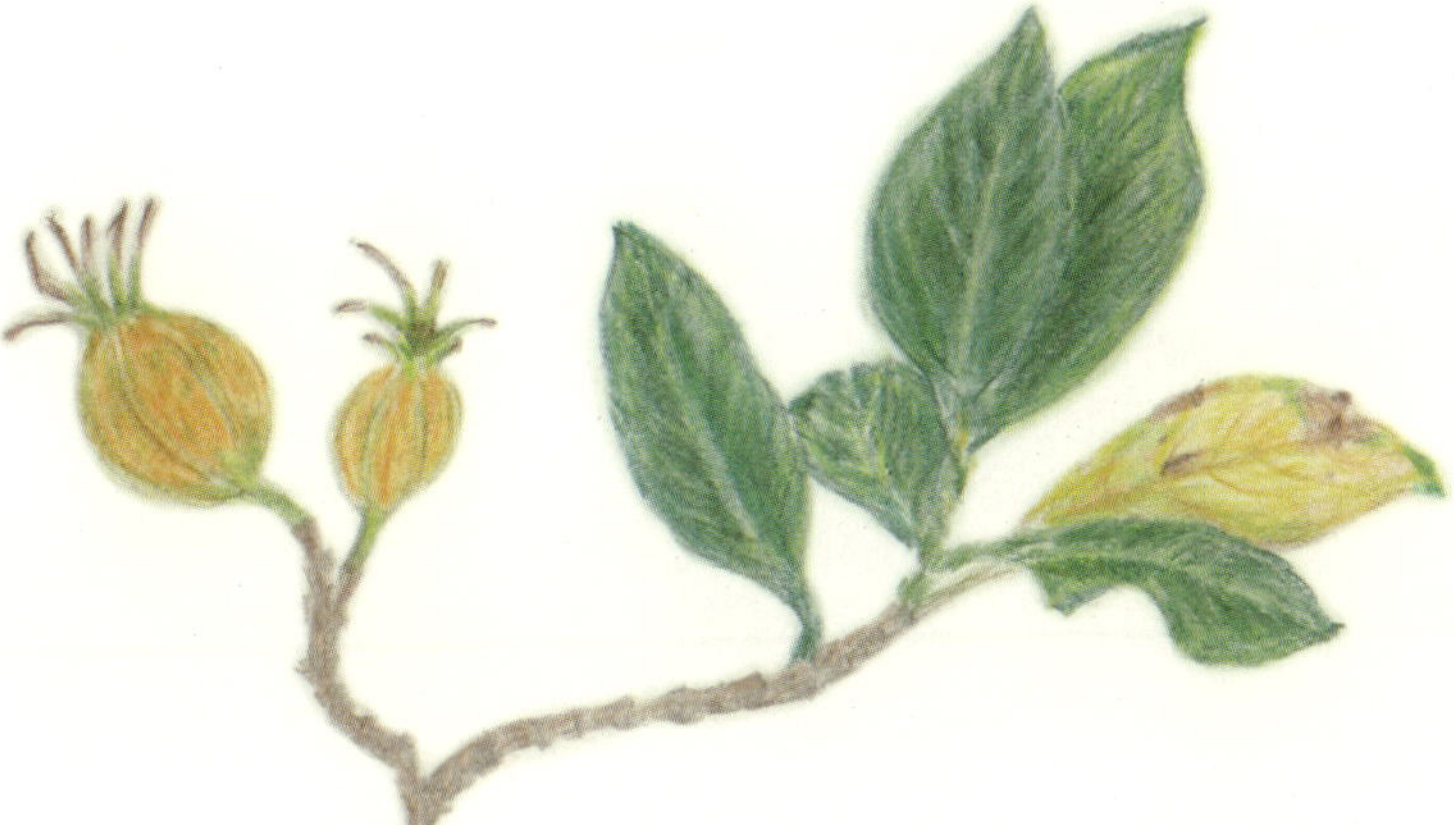

がじゅまるの木

キジムナーが
住むと言う
がじゅまるの木
キジムナーを
見た人がいる
海に向って
消えたそうだ

戦争中
昼はがじゅまるの木に隠れ
夜中に食べ物を
採りに行った
そんな人がいたと言う
木の上では
ゆっくり休むことも

出来なかっただろう
どんな想いでいたのでしょうか

暑い夏には
木陰をつくり
人々を守る
木の下でゆんたくする
おばあ達
そこには
昔の沖縄がある

与論の海

広いビーチに
孫と二人きり
砂浜に座って
手を繋ぎ
波と戯れる
大きな波に倒されて
二人で大笑い
こんな大きな声で
笑ったのは久し振り

与論の海は
透明でとても塩辛い
美しい与論の海
又来るね

琉球すみれ
2009.2.5 N.M

大樹

大きな木に
耳を当てると
勢い良く
水を吸い上げる
音が聞える
そして
枝の先の葉まで
水を満たす

木は
動くことは出来ないが
遠くの木と
交信している
ちっとも
寂しくない

人にも
その力はある
友達と交信出来たら
素敵だね
遠くの出来事も
キャッチしよう

そして
知らないところに
旅に出よう
世界中に
いや
宇宙までも
目を瞑って
空を飛んで
どこまでも

宇宙

夜空に輝く星は
どんなところだろう
宇宙人が
住んでいるのだろうか
ETのような
それとも
輝くような美しい人？

どんな家に住んで
何を食べ
洋服はどんなだろう
お金のいらない生活って
本当かなぁ

宇宙船で来た人が

地球にも住んでいるって
本当だろうか
宇宙人に
会ってみたいな
もしかして
あなたは宇宙人？

テレパシーで
会話が出来
思っていることは
すべて通じるって
でもそれは
隠しごとが
出来ないってこと

そんなところで
暮してみたい

出てこい

出てこい
出てこい
心の闇よ
満月に照らして
菜の花畑の
ようになれ

出てこい
出てこい
心の寂しさよ
遠くに飛んで
友達連れてこい

出てこい
出てこい

なまけもの
ジャングルに
帰っておしまい

出てこい
出てこい
怒りの心
遠くの島で
爆発させて
それでおしまい

出てこい
出てこい
心の痛み
神様に
お願いして
許してもらおう

出てこい
出てこい

もう
出てくるものは
ないだろうか

これで
心の中は
すっきり
明日からは
素敵な私に
なれるかな

2010. 6. 13 鶏頭

涙

涙はどんな時に
出るのでしょう
悲しい時
悔しい時
嬉しい時
感動した時
人は涙を流す

でも私は
このような事がなくても
自然に涙がぼろぼろ
出てしまったことがある
それは十年も前のこと
ある本に出合い
夢中で読み始めた頃

悲しいとか
悔しいとか
嬉しいとか
感動したとか
そんな感情が
起った訳ではないのに
自然に涙が流れた

神様は
私を見守ってくださっている
私を導いてくださっている
すべてを見透しておられるのだ
と思えた時
自然に涙が流れた

風になりたい

風になりたい
風になって
たんぽぽの綿毛を
遠くへ運び
野原いっぱい
花を咲かせましょう

風になりたい
風になって
海を渡り
遠い島の
やしの実を落しましょう

風になりたい
風になって

高い山の上まで
登って来た人の
汗を乾しましょう

風になりたい
風になって
寂しそうな女の子に
元気を出してと
囁きましょう

風になりたい
風になって
どこまでも
どこまでも
飛んで行きましょう

蟻さん

蟻さんこんにちは
小さな体で
働き者の蟻さん
冬の来ることが
どうしてわかるの
暑い夏に働いて
寒い冬は土の中の
暖かいお部屋で
楽しい時を過すのね

働き蟻
兵隊蟻
女王蟻と
それぞれの
役割を持ち

仲良く暮す

小さな草むらが
大きな森のように
小さな水溜りが
大きな湖に見えるのだろう
人間は大きな怪物かな

蟻さんには
いじめっこや
どろぼうはいないよね
怪物は動物を食べ
人を支配し
お金を貯める
自分のことしか
考えない怪物が多い
小さな蟻さん
怪物さんに
平和な暮しを
教えてあげて

花の四季

沈丁花
あなたの甘い香りに
誘われて
希望の春がやって来る

庭の隅の
鈴蘭の花
優しく香り
私はここよと
鈴鳴らす

田圃道の
吾木香
子供の頃の
道草を思い出す

わびすけの
赤いお花と
つやつや葉っぱ
元気をくれて
ありがとう

戦争

私は太平洋戦争の始まる
五日前に生れた
両親はフィリピンに
移住していた
日本が敗れるまでは
優雅に暮していたが
敗戦になると
ジャングルの中を
手榴弾を手に
逃げ回っていたという
小学生の頃
父親からその頃の話を
良く聞いた
そして押込れに頭を突込んで
お尻は出しているような

夢を良くみた

終戦になると
強制的に船で帰され
下関に上陸した
そこから長野に帰るまでの
汽車の旅も大変だったようだ
子供は窓から出入させられて
いたという

長野の父の実家に
お世話になったが
どこも食糧難
気を遣っての生活
私は栄養失調で
食べ物を受け付けず
肝油で命が繋って
今の私がある

この尊い命を大切に
自分のしたいと思う事
人の役に立つ事をして
あの世に行く時
後悔することのない
生き方をしたい

戦争を体験した私達は
戦争とはどんなものであるか
次の世代に
伝えなくてはならない
これが私達に課せられた
大きな役割である

ねじり花

河原でひっそり
ねじり花
蝶さんが
螺旋階段登ってく

吊橋

山奥に架かる吊橋
人が一人だけ渡れる橋
ゆらゆらと揺れている
恐る恐るゆっくりと渡る
一人が渡ってから
次の人が渡っていく
所々板が無いから
足元をしっかり見詰めて

人の一生は
その人一人の人生
親子でも
夫婦でも
仲の良い友達でも
まったく同じ人生は歩めない

一人で自分の橋を歩いていく
時々揺れながら
恐い思いをしたり
板のない所を飛び越えたり

それが人生
しっかり歩こう

大自然

中央アルプスは
二九四七メートルの山
バスとロープウェイで
山頂近くまで
登ることが出来る
そこはお花畑が
一面に広がる別世界
南アルプスの上に
小さく富士山が見える
そこからゆっくり
山頂を目指す
石塊だらけの道
岩鏡がロープを掴む手の前に
そっと咲いている

宝剣の頂上は
たった一人が
立てるだけの広さ
恐るおそる立つと
足が震える
怖くて声も出せない
若い時の貴重な体験
尾根道を歩くと
ひと山越えても
又次の山が見えてくる
伊那谷と木曽谷を見ながら
ゆっくりと登ったり下りたり
高山植物の
生えている道を歩く

中学生の時
麓から山頂まで歩いた
途中雨が降り出し
足元を見詰めながら
ただ黙々と歩いた

山頂の小屋に着いた時は
もう薄暗くなっていて
山小屋で雑魚寝
翌朝も雨が降っていたから
山の美しい姿を
見ることは出来なかった
こんな経験があり
ロープウェイが掛けられるまで
山の美しさを知らなかった

自然を守る為に
ロープウェイを掛けることに
多くの議論があった
でも私は頂上の這松が
枯れ始めているのを見た
これは登山者の影響ではなく
酸性雨等によるものでは
ないかと思う
山を守るのは
その美しさを知って

感動することにより
この大自然を
地球の財産として
子孫の為に守ろうとする
その気持ちが
大事なのではないでしょうか
その為に
自分の出来ることを
実行しよう

いつでも目を瞑ると
あの美しい山と
お花畑が目に浮び
凛とした空気と
爽やかな風を
感じることが出来る

中央アルプス

春山を望むと
雪どけ跡が
雪形を見せている
高島田を結った
娘の姿が浮び上がると
農夫は種を蒔く

雪が溶けた山肌に
一面に咲き乱れる
小さな小さな
高山植物
駒草の花
お山のえんどう
岩鏡
短い夏を

咲き誇る
夏の早朝
目の前は向こうの山まで
ふわふわの雲海
この布団の上に
寝てみたい

秋になると冷たい風が吹き
ちんぐるまを回す
山の草木は
赤く黄色く衣替え

冬の山は
人を寄せつけない
厳しい顔になる
雪山の頂きに
朝の光が
ピンクの滴を落とす
たちまち
雪に染みていく

この厳しい冬山に
一度だけ登る日がある
それは元旦の
日の出前
ここから見える
初日の出は
富士山の頂上から登る
この大自然の
シンクロをさせることが
出来るのは
宇宙を創った存在のみ
ありがとうございます

あとがき

三石成美さんとお会いしてから十年近くになります。最初の出会いは、長野での個展会場だったと思います。その三週間後、突然車に荷物をいっぱい載せて彼女が伊江島に現れました。それは嬉しいやらビックリするやらの再会でした。以来、陰になり日なたになり私を支えてくださっています。

彼女が多彩な才能をひっそりと書きためられていることを知り、今回一緒につたない私の短歌も添え『ふたりつれづれ』を出版することになりました。

それは私にとりましても、本当に最高の喜びです。ありがとう、成美さん。絵に俳句にエッセイ、詩などこれからも書き続けられることを望みます。

そして、私も自分らしい日々の生活を、短歌に託していきたいと思っています。

この出版にあたり多くの方々のご協力を頂き感謝いたします。

二〇一〇年十一月二十日

木村浩子

岸本先生ありがとうございました。

私が先生に初めてお会いしたのは、桜坂の市民大学の「詩の実作と朗読」の講座を受けることになった二〇〇九年二月でした。その後句会にも参加させていただきました。この詩と俳句を通して私の人生が変ったような気が致します。下手ながらも楽しみが増え毎日張合いがあります。

また、この作品集を出す切っ掛けを与えていただいた木村浩子さんにも心から感謝致します。

今後とも皆様の御指導よろしくお願い致します。

二〇一〇年十二月
三石成美

木村　浩子（きむら・ひろこ）
1937年生まれ
広島短歌会結社「真樹」会員
沖縄短歌会会員
NPO法人ともに生きるネットワーク「まなびやー」理事
住所　沖縄県国頭郡伊江村東江前2300-5　土の宿内

三石　成美（みついし・なるみ）
1941年生まれ
現代俳句協会会員　俳句・詩などを勉強中
沖縄への居住を機に自然の絵を主として独学で描き始める
住所　沖縄県那覇市首里石嶺町4-301-17-201

ふたりつれづれ　木村浩子・三石成美　作品集

2011年2月28日　初版第一刷発行
著　者：木村浩子・三石成美
発行者：宮城正勝
発行所：ボーダーインク
〒902-0076　沖縄県那覇市与儀226-3
tel.098-835-2777、fax.098-835-2840
http://www.borderink.com/
印　刷：でいご印刷

ISBN978-4-89982-200-4 C0092 定価1575円（税込）
©Hiroko KIMURA,Narumi MITSUISHI,2011